AF591496

15 Mai 1909

PN

VENTE APRÈS DÉCÈS

Collection
de M. l'Abbé LE MONNIER

TABLEAUX ANCIENS

Faiences des DELLA ROBBIA

PAPIER, GRAVURE ET IMPRESSION
L. GEISLER, AUX CHATELLES
PAR RAON-L'ÉTAPE (VOSGES).

VENTE APRÈS DÉCÈS

Collection

de M. l'Abbé LE MONNIER

TABLEAUX ANCIENS

Faïences des DELLA ROBBIA

CONDITIONS DE LA VENTE

Elle sera faite au comptant.

Les acquéreurs paieront *dix pour cent* en sus des enchères.

CATALOGUE

DES

Tableaux Anciens

ET

MODERNES

PAR

PH. DE CHAMPAIGNE, LORENZO DI CREDI, FLANDRIN
F. FRANCK, KAREL DU JARDIN, JOUVENET, MAXENCE, PALMA LE JEUNE
PIAZZETA, RIGAUD, SASSO FERRATO,
SAVOLDO, SIMON DE VOS, MARCO D'UGGIONE, ZURBARAN
ETC., ETC., ETC.

DESSINS

Faïences des DELLA ROBBIA

Composant la

Collection de M. l'Abbé LE MONNIER

ET DONT LA VENTE AURA LIEU A PARIS

HOTEL DROUOT, Salle N° 1

Le Samedi 15 Mai 1909, à 2 heures 1/2

COMMISSAIRE-PRISEUR

Me F. LAIR-DUBREUIL

6, Rue Favart

EXPERTS

POUR LES TABLEAUX

M. Jules FERAL

7, Rue St-Georges

POUR LES OBJETS D'ART

MM. MANNHEIM

7, Rue St-Georges

EXPOSITIONS

PARTICULIÈRE : *Le Jeudi 13 Mai 1909, de 2 heures à 6 heures.*

PUBLIQUE : *Le Vendredi 14 Mai 1909, de 2 heures à 6 heures.*

DÉSIGNATION

Tableaux Anciens

ET

MODERNES

BELLINI

(Genre de JEAN).

1 — **Jeune homme en buste.**

Toile. Haut., 30 cent. ; larg., 22 cent.

BOURDON

(Attribué à SÉBASTIEN).

2 — **La Sainte Famille et Saint Jean-Baptiste.**

Des anges voltigent sur un nuage.
Fond de paysage, avec cavalier.

Toile. Haut., 53 cent. ; larg. 40 cent.

CHALETTE

J.

(Troyes, 1581-1643).

3 — **Portrait de Saint Vincent de Paul.**

En buste, toque noire, un col rigide rabattu sur le surplis.

Bois. Haut., 35 cent.; larg., 27 cent.

CHAMPAIGNE

PHILIPPE de

(Bruxelles, 1602-1674).

4 — **Scène de la vie de Saint Benoît.**

Le Saint, accompagné de deux disciples, est représenté dans l'atrium de son monastère recevant deux enfants agenouillés devant lui, saint Maur et saint Placide, qui lui sont présentés par un consul, et d'autres personnages romains.

Toile. Haut., 61 cent.; larg., 78 cent.

COQUES

(Genre de GONZALÈS).

5 — **Gentilhomme accoudé.**

Bois. Haut., 17 cent.; larg., 14 cent.

CREDI

La Vierge adorant l'Enfant Jésus.

[illegible]

FLANDRIN

— Paysage montagneux.

[illegible]

FRANÇIA

— La Vierge, l'Enfant Jésus et deux personnages.

[illegible]

CREDI

(LORENZO di)

(Florence, 1459-1537)

6 — **La Vierge adorant l'Enfant Jésus.**

Dans l'herbe fleurie de pâquerettes et de muguets, l'enfant nu est assis sur une draperie rouge, le haut du corps appuyé sur une roche. La Vierge agenouillée à droite, un voile de gaze couvrant ses cheveux blonds séparés en bandeaux et pendant le long de son visage, vêtue d'une robe et d'un manteau aux couleurs liturgiques joint les mains dans l'attitude de l'adoration.

Une rivière coule au second plan dans un site agreste où l'on remarque un château fortifié de deux tours.

Bois de forme ronde.

Diamètre : 85 cent.

Cadre en bois sculpté.

FLANDRIN

(JEAN-PAUL)

7 — **Paysage montagneux.**

Signé à gauche.

Toile. Haut., 25 cent. ; larg., 32 cent.

FRANÇIA

(Attribué à FRANÇOIS)

8 — **La Vierge, l'Enfant Jésus et deux personnages.**

La Vierge soutient l'enfant Jésus assis sur un coussin vert. A droite, saint Jean l'évangéliste, à gauche, un donateur tenant une plume à la main.

Fond de paysage avec rochers à l'horizon.

Bois. Haut., 78 cent. ; larg., 42 cent.

FRANCK

(FRANÇOIS, le jeune)

Anvers, 1581-1642.

9 — Les Familles d'Autriche et d'Espagne, unies sous les auspices du Saint Sacrement.

Des anges sont réunis dans les nues autour d'une monstrance. Au premier plan, des princes, des princesses et des prélats agenouillés.

Cuivre. Haut., 50 cent., larg., 36 cent.

HALS

(Attribué à FRANS).

10 — Portrait de Descartes.

A mi-corps, tourné vers la gauche, vêtu de noir, les cheveux bruns bouclés et pendant sur les épaules.

Bois. Haut., 20 cent.; larg., 16 cent.

HALS

(Attribué à FRANS).

11 — Une Bohémienne.

Elle est représentée dans la campagne au bord de la mer, coiffée d'une toque rouge, les bras croisés sur un manteau noir, portant une besace sur le dos.

Toile. Haut., 32 cent.; larg., 28 cent.

FRANCK

9 — Les Familles d'Autriche et d'Espagne, unies sous les auspices du Saint Sacrement.

[illegible]

HALS

[illegible]

10 — Portrait de Descartes.

[illegible]

HALS

[illegible]

11 — Une Bohémienne.

Elle est représentée dans la campagne au bord de la mer, coiffée d'une toque rouge, les bras croisés [illegible], portant une besace sur le dos.

[illegible]

8

JARDIN

(KAREL du).

Amsterdam, 1622-1678.

12 — **Anes et moutons.**

Ils sont arrêtés dans un village italien. Au premier plan, un chien ronge un os.

Bois. Haut., 36 cent.; larg., 32 cent.

JOUVENET

(JEAN).

Rouen, 1644-1717.

13 — **L'Éducation de la Vierge.**

Peinture sur carton.

Haut., 17 cent.; larg., 30 cent.

LAWRENCE

(Attribué à Sir THOMAS).

14 — **Portrait de Sir Christophe Musgrave.**

Représenté à mi-corps, vêtu d'un habit vert foncé, un manteau jeté sur les épaules, il regarde vers la droite.

Un rideau rouge est drapé sur un fond de colonnade, laissant entrevoir le ciel.

Toile. Haut., 75 cent.; larg., 62 cent.

LE SUEUR

(Attribué à EUSTACHE)

15 — **La Prédication.**

Toile. Haut., 56 cent.; larg., 40 cent.

LORRAIN

(Attribué à CLAUDE GELÉE, dit le).

16 — Paysage romain.

Le soleil éclaire une large vallée de tons chauds et vaporeux, des monuments, des ponts jetés sur un cours d'eau, des arbres aux cimes fières, des broussailles vertes se succèdent jusqu'à l'horizon, où des montagnes décrivent sous la brume leurs silhouettes légères. Au premier plan, des bergères assises, gardant des animaux ; vaches, chèvres et moutons, près d'une cascade.

Toile. Haut., 77 cent. ; larg., 1 m. 02.

Cadre en bois sculpté.

MAXENCE

(EDGARD)

17 — L'Adoration de l'Enfant Jésus.

Signé et daté 1898.

Bois. Haut., 25 cent. ; larg., 23 cent.

MAXENCE

(EDGARD)

18 — Le Mariage mystique de Ste Catherine.

Signé et daté 1898.

Bois. Haut., 25 cent.; larg., 23 cent.

MEMMI

(Attribué à SIMON).

19 — **L'Annonciation.**

La Vierge, représentée à droite, tient un livre rouge ; à gauche, l'ange, un rameau d'olivier à la main, porte des feuillages dans ses cheveux blonds.

Fond rouge rehaussé d'arabesques dorées.

Panneau de forme octogonale.

Haut., 43 cent. ; larg., 56 cent.

MURILLO

(Attribué à).

20 — **Saint Augustin.**

Le saint évêque est représenté debout, un cœur enflammé dans la main droite ; près de lui, un ange tenant une crosse, et une mitre posée sur un autel.

Toile, Haut., 2 m. ; larg., 1 m. [illegible]

Ancienne collection du Prince Sciarra Colonna.

OSTADE

(D'après Adrien VAN).

21 — **Le Musicien ambulant.**

Bois, Haut., 37 cent. ; larg., 27 cent.

OSTADE

(D'après Isaac VAN).

22 — **Villageois devant une chaumière.**

Bois. Haut., 16 cent.; larg., 13 cent.

PALMA

(JACQUES, le Jeune).

Venise, 1544-1628.

23 — **Saint Sébastien.**

Les bras liés à une colonne, il attend son supplice.

A gauche, un homme en veste rouge, à droite, sur le sol, des flèches dans un carquois.

Fond de paysage.

Signé : Jacobus Palma Venetus F.

Toile. Haut., 1 m. 55 ; larg. 63 cent.

PIAZZETA

(JEAN-BAPTISTE)

Venise, 1683-1754.

24 — **Moine en buste.**

Toile. Haut., 44 cent.; larg., 35 cent.

POURBUS

(École de).

25 — **Portrait d'enfant.**

Vu à mi-corps, coiffé d'un bonnet, une chaîne d'orfèvrerie sur une robe ornée de passementerie.

Un rideau rouge est drapé sur le fond.

Bois. Haut., 30 cent.; larg., [illegible] cent.

RAPHAEL

(d'après)

26 — **Le cardinal Bibbiena.**

Toile. Haut., 50 cent.; larg., 40 cent.

RIGAUD

(HYACINTHE)

Perpignan, 1659-1743.

27 — **Portrait de Fénelon.**

A mi-corps, tourné de trois-quarts vers la droite, les cheveux bouclés et poudrés, il est revêtu du camail.

Toile de forme ovale.

Haut., 43 cent.; larg., 37 cent.

Cadre en bois sculpté.

RUBENS

(École de)

28 — **Saint Jean Chrysostome.**

Revêtu des ornements épiscopaux, il présente l'eucharistie dans un ciboire.

Des anges et une colombe voltigent autour de lui.

Fond de paysage

Toile, Haut., 1 m. 30; larg., 1 m. 15.

RUBENS

(d'après)

29 — **Le Triomphe de la Religion Chrétienne.**

Bois, Haut., 16 cent.; larg., 20 cent.

SASSO FERRATO

(SALVI, Jean-Baptiste, dit
Sasso Ferrato, 1605-1685)

30 — **La Vierge au voile blanc.**

Toile. Haut., 22 cent.; larg., 17 cent.

SAVOLDO

(JÉROME)
École italienne, XVIe siècle.

31 — **Portrait d'homme.**

En buste, tourné vers la droite, les yeux fixés sur le spectateur, vêtement noir, toque de même couleur posée sur ses cheveux châtains bouclés et tombant sur les oreilles.

Bois. Haut., 33 cent.; larg., 26 cent.

Ancienne collection du Prince Sciarra Colonna.

STRY

(Jacques Van)
Dordrecht, 1756-1815.

32 — **Berger et animaux au bord d'une rivière.**

Bois. Haut., 26 cent.; larg., 34 cent.

TÉNIERS

(Attribué à David)

33 — **Villageois à l'entrée d'un village.**

Fond de paysage vallonné.

Bois. Haut., 27 cent.; larg., 34 cent.

SASSO FERRATO

30. — La Vierge au voile blanc.

SAVOLDO

31. — Portrait d'homme.

STRY

32. — Berger et animaux au bord d'une rivière.

TÉNIERS

33. — Villageois à l'entrée d'un village.

31

1750

TITIEN

(École du)

34 — Le Christ bénissant.

En buste, tourné vers la droite.

Bois. Haut., 41 cent. ; larg., 38 cent.

UGGIONE

(Marc d')

École Milanaise, XVIe siècle.

35 — La Vierge portant l'Enfant Jésus.

La Vierge debout vue à mi-corps, un voile de gaze noué sur ses cheveux blonds, un manteau vert doublé de soie jaune drapé sur sa robe rouge, tient dans ses bras l'Enfant Jésus.

Bois. Haut., 42 cent. ; larg., 34 cent.

VOS

(Simon de)

Anvers, 1603-1676.

36 — Portrait d'homme en armure.

A mi-corps, les cheveux gris, la barbe courte, il porte un col blanc rabattu sur une armure damasquinée et dorée.

En haut, à gauche, la date 1653.

Toile marouflée sur bois.

Haut., 54 cent. ; larg., 40 cent.

ZURBARAN

(Francisco).

Fuente de Cantos, 1598-1662.

37 — **Saint François d'Assise, porté au ciel.**

Il est soutenu par des anges, sur des nuages où se joue la lumière.

Toile. Haut., 1 m. 03 ; larg., 1 m. 62.

Cadre en bois sculpté.

Ancienne collection du Baron de Beurnonville.

ÉCOLE BOLONAISE

(XVIIe siècle).

38 — **L'Assomption de la Vierge.**

Toile. Haut., 52 cent. ; larg., 44 cent.

ÉCOLE BOLONAISE

(XVIIe siècle).

39 — **Un Dominicain prêchant.**

Bois. Haut., 16 cent. ; larg., 13 cent.

ÉCOLE ESPAGNOLE

(XVIIe siècle).

40 — **Un Moine assis et lisant.**

Toile. Haut., 23 cent. ; larg., 18 cent.

ÉCOLE ESPAGNOLE

41 — **Moine en méditation.**

Toile marouflée sur bois.

Haut., 57 cent. ; larg., 18 cent.

ÉCOLE FLAMANDE

(XVIe siècle)

42 — **La Vierge en prière.**

Coiffée d'un voile blanc, elle est représentée à mi-corps, tournée vers la gauche, les mains jointes.

Bois. Haut., 72 cent. ; larg., 54 cent.

ÉCOLE FLAMANDE

(XVIIe siècle)

43 — **Saint Augustin et des Donatrices.**

L'évêque d'Hippone est debout dans un paysage ; près de lui une dame, une religieuse et une fillette sont agenouillées, les mains jointes.

Bois. Haut., 50 cent. ; larg., 52 cent.

ÉCOLE FLAMANDE

(XVIIe siècle)

44 — **Chevaux devant une écurie.**

Bois. Haut., 22 cent. ; larg., 20 cent.

ÉCOLE FLORENTINE

(XVIe siècle)

45 — **La Salutation angélique.**

Bois. Haut., 20 cent. ; larg., 36 cent.

ÉCOLE FRANÇAISE

(XVIe siècle)

46 — **Portrait du Duc de Chaulnes.**

En buste, les cheveux blonds bouclés, la barbe en pointe sur une fraise à tuyautés, il porte le grand cordon bleu sur un habit rouge.

Bois. Haut., 33 cent. ; larg., 26 cent.

ÉCOLE DE LA HAUTE-ITALIE

(Commencement du XVIe siècle.)

(Deux pendants).

47-48 — **Six Apôtres.**

Ils sont représentés au-dessus d'un entablement de pierre, sur un fond décoré de feuillage dans la partie supérieure.

Une composition représente : saint Pierre, saint Jean, saint Jacques le Majeur.

L'autre, saint André, saint Thomas et saint Barthélemy.

Bois. Haut., 56 cent. ; larg., 64 cent.

ÉCOLE DE LA HAUTE-ITALIE

(XVIe siècle).

49 — **L'Adoration de l'Enfant Jésus.**

Bois. Haut., 34 cent. ; larg., 48 cent.

ÉCOLE ITALIENNE

50 — **La Vierge, l'Enfant Jésus,
Saint Bernardin et Saint Étienne.**

Bois de forme chantournée.

Haut., 1 m. 12 ; larg., 78 cent.

53

ÉCOLE ITALIENNE

[illegible] — **Un Dominicain.**

[illegible] sur fond d'or.

[illegible]

[illegible] en bois sculpté.

ÉCOLE DE NUREMBERG

[illegible] — **Saint Jérôme en méditation.**

[illegible] au pied d'un rocher [illegible]

[illegible]

ÉCOLE OMBRIENNE

[illegible]

[illegible] — **La Vierge portant l'Enfant Jésus.**

[illegible]

[illegible]

ÉCOLE VÉNITIENNE

[illegible]

[illegible] — **L'Annonciation.**

L'ange apparaît à la Vierge dans un intérieur. Dans le fond une petite [illegible]

[illegible]

ÉCOLE ITALIENNE

51 — **Un Dominicain.**

Peinture sur fond d'or.

Cuivre. Haut., 20 cent. ; larg., 22 cent.

Cadre en bois sculpté.

ÉCOLE DE NUREMBERG

(XVIe siècle)

52 — **Saint Jérôme en méditation.**

Il est agenouillé au pied d'un rocher, priant devant la croix. Dans le fond, une ville s'élève en amphithéâtre au bord d'un fleuve.

Bois. Haut., 1 m. 03 ; larg., 80 cent.

ÉCOLE OMBRIENNE

(Commencement du XVIe siècle)

53 — **La Vierge portant l'Enfant Jésus.**

Assise dans un paysage, les yeux tendrement baissés sur son divin fils qu'elle soutient sur ses genoux.

Bois. Haut., 75 cent. ; larg., 81 cent.

ÉCOLE VÉNITIENNE

(XVIIe siècle)

54 — **L'Annonciation.**

L'ange apparaît à la Vierge dans un intérieur. Dans le fond une porte ouverte sur un parc.

Bois. Haut., 90 cent. ; larg., 73 cent.

DESSINS

JOUVENET

(Jean).

Rouen, 1644-1717.

55 — **Portrait de Bourdaloue.**

Dessin au lavis de bistre rehaussé de blanc.

Haut., 25 cent.; larg., 19 cent.

FLANDRIN

(Jean-Hippolyte).

Lyon, 1809-1864.

56 — **Sainte Marie-Madeleine.**

57 — **Prêtre élevant une hostie.**

Deux dessins au crayon noir et à la mine de plomb.

Haut., 27 cent.; larg., 13 cent.

Bas-Reliefs en Terre Émaillée

des DELLA ROBBIA

60

Bas-reliefs en Terre Émaillée des DELLA ROBBIA

58-59. — **Deux grands médaillons ronds,** offrant les figures allégoriques de la Justice et de la Tempérance, dont elles portent les attributs. L'encadrement mouluré est chargé d'une couronne de fruits et de feuilles. Figures en bas-relief, en blanc sur fond bleu, fruits polychromes. Terre cuite émaillée. Atelier de Luca Della Robbia.

Diamètre : 1 mètre.

60. — **Tympan présentant l'Annonciation**. L'ange Gabriel, agenouillé et bénissant, porte le lys de la main gauche. La Vierge, en prières, se tient en face de lui. Entre eux, un vase de fleurs et le Saint-Esprit. Ce tympan est dressé sur une frise chargée de cornes d'abondance et de têtes de chérubins ; le centre en est occupé par un écusson d'armoiries. Bordures moulurées. Émaux bleus et blancs avec tons polychromes dans les fleurs et les armoiries. Terre cuite émaillée avec figures en haut-relief. Atelier d'Andrea Della Robbia.

Haut. : 1 mètre, larg. : 1 m. 14.

61 — **Rétable de forme rectangulaire,** présentant, au centre, la Vierge assise sur un trône et portant sur le genou droit l'Enfant Jésus

debout, dont le torse est enveloppé d'une draperie. Quatre saints : saint Georges, saint Dominique, saint François et un saint Évêque sont groupés de chaque côté de la Vierge. Au second plan, une chapelle dressée sur un rocher. Cette composition est encadrée de deux pilastres chargés de fruits s'échappant d'un vase ; ces pilastres soutiennent un entablement mouluré, orné de sept têtes de chérubins. Le soubassement offre trois écussons d'armoiries, dont un, aux armes des Arnusi, de Bologne, et un autre, aux armes des Catagna, de Gênes. Émaux polychromes, fond bleu, chairs réservées. Terre cuite émaillée en relief, atelier de Giovanni Della Robbia.

Haut., 1 m. 90 ; larg., 1 m. 60.

63 — **Petit rétable surmonté d'un fronton** et présentant la Vierge assise et entourée de sainte Catherine, saint Georges, saint Benoît et saint Joseph ; sur ses genoux, l'enfant Jésus. Deux chérubins vus à mi-corps tiennent une couronne au-dessus de la tête de la Vierge. Cette composition est placée entre deux pilastres enrichis de rinceaux et supportant un entablement orné de huit têtes de chérubins. Sur le fronton, le Père Éternel entre deux anges ; une moulure décorée d'une tête d'angelot l'encadre. La predelle offre le Christ à mi-corps hors de son sépulcre, entre la Vierge et saint Jean, dont s'approchent deux anges. Terre cuite peinte en bleu et blanc. Figures en bas-relief. Atelier des Della Robbia.

Haut., 1 m. 18 ; larg., 68 cent.

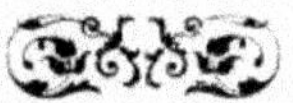

62

3080

Collection de feu M. l'Abbé LE MONNIER

TABLEAUX

ANCIENS & MODERNES

Faïences des DELLA ROBBIA

CARTE D'ENTRÉE A L'EXPOSITION PARTICULIÈRE

HOTEL DROUOT — Salle N° 1

Le Jeudi 13 Mai 1900, de 2 heures à 6 heures

COMMISSAIRE-PRISEUR

Mᵉ F. LAIR-DUBREUIL — 6, rue Favart

EXPERTS

Pour les Tableaux	Pour les Objets d'Art
M. JULES FÉRAL	**MM. MANNHEIM**
7, rue St-Georges.	*7, rue St-Georges*

RED. :

25

graphicom

0 1 2 3 4 5 6 7 8 9 10

MIRE ISO N° 1
NF Z 43-

AFNOR

www.ingramcontent.com/pod-product-compliance
Ingram Content Group UK Ltd.
Pitfield, Milton Keynes, MK11 3LW, UK
UKHW022130260726
13993UKWH00003B/1351